AF464230

RÉPONSE

DE

ROTHSCHILD IER,

ROI DES JUIFS.

A

SATAN DERNIER,

ROI DES IMPOSTEURS.

PRIX : 30 CENTIMES.

PARIS,
BALLAY AINÉ, PALAIS-ROYAL,
PÉRISTYLE MONTPENSIER.

1846

SOMMAIRE.

PREMIER COUP DE BALAI. — Acceptation de la royauté. — Pétition foudroyante. — Poursuite. — Devant quel tribunal est porté et sera jugé le procès.

DEUXIÈME COUP DE BALAI. — Première histoire développée. — Un seul Rothschild. — L'orphelin. — Le collége. — Les monnaies. — Les millions. — Socrate. — Le patriarche. — Tableau saisissant.

TROISIÈME COUP DE BALAI — Deuxième histoire développée. — Tous les Rothschild. — Le prolétaire et l'aristocrate — L'épingle fée. — Franklin. — Le bâton d'or. — Lamennais. — Le rocher. — Jacques Laffitte. — Casimir Périer. — Liste des causes des succès gigantesques de tous les Rothschild. — Louis XVIII et Napoléon. — Décoration. — Baronnie — Pierre sous la roue d'un wagon de Fampoux. — Aiguille déplacée. — Visite aux tripotages de la bourse et aux banques. — Ce qui en est définitivement de la catastrophe de Fampoux.

Typographie FÉLIX MALTESTE et Cᵉ, rue des Deux-Portes-Saint-Sauveur, 18.

RÉPONSE

DE

ROTHSCHILD Ier,

ROI DES JUIFS.

PREMIER COUP DE BALAI.

Vous m'avez décerné une couronne, monsieur; je l'accepte, et c'est pleinement en cette qualité de *Rothschild* Ier, *roi des Juifs*, dont vous m'avez si équitablement revêtu, que j'ai l'honneur de vous répondre en ce moment.

Avant tout, comptons d'abord avec vous-même, s'il vous plaît. Ce premier point réglé, en très peu de mots, je vous parlerai ensuite de moi, et ce sera sans hésitation, ni détour, ni gène, ni ménagement d'aucune sorte.

— Qui êtes-vous?
— Je suis Benoît-Louis-François Macaret.
— C'est exactement cela : oui, un de ces faméli-

ques éhontés, venus vingt fois me proposer d'écrire mon éloge, pour de l'argent que je n'ai pas voulu donner. J'ai même vu poindre sous un pan de votre blouse le bout d'une pétition éloquente signifiant : « *Un petit billet de mille francs, s'il vous plait?...* Sinon.... »

— Je ne puis nier la chose, car vous en avez gardé la preuve.

— Pourquoi donc avez-vous ensuite écrit contre moi?

— Pour gagner, par une méthode et des argumens contraires, cet argent que vous m'avez refusé en conservant par devers vous la demande que je vous en avais faite.

— C'est encore parfaitement cela. Oui, je comprends très bien ; oui, votre brochure, non à cause des argumens et du talent, qui y sont nuls, mais à cause de mon nom, qui vaut de l'or dans toutes les affaires, se vend ou se vendra à *vingt mille* exemplaires. *Trente centimes* l'un, total *six mille* francs. Là-dessus, la *moitié* à déduire pour frais d'impression, remises aux libraires et menues dépenses imprévues, il vous restera à la fin un bénéfice net de *trois mille* francs. C'est *deux mille* francs de plus que pour l'éloge. Cela vaut mieux. Pas mal spéculé,.... foi de roi des juifs!

— Foi d'industriel à la plume, vous avez rencontré juste!

— Oui, Monsieur, j'ai rencontré juste; c'est-là, en effet, toute votre histoire, toute l'histoire de la venue et de la vente de votre opuscule; et ces aveux, que je mets dans votre bouche, vous serez bien forcé de les faire de vous-même un jour.

Ce ne sera pas à moi; n'importe, vous les ferez. Ce ne sera ni à moi ni devant les tribunaux, où je n'ai point envie de vous conduire; mais, je le répète, vous ferez un jour très certainement tous ces aveux.

Je suis persuadé que vous ne savez pas encore où je prétends que vous confesserez votre mensonge.

La raison en est simple. C'est que votre pensée, je le vois bien, ne se tourne jamais de ce côté-là.

Si elle s'y tournait *quelquefois*, vous hésiteriez avant de mentir.

Si elle s'y tournait *souvent*, vous ne mentiriez plus.

Vous ne croyez pas en Dieu, Monsieur; j'y crois, moi; voilà pourquoi vous avez écrit tant de faussetés que je vais redresser par la vérité.

Je vous vois rire, hausser les épaules, dire avec dédain, que Dieu n'a pas à intervenir dans nos différends.

Je vous arrête-là, Monsieur le démocrate: vous parlez contre vos intérêts et vos principes.

Que vous êtes arriéré! que votre intelligence est courte et cuirassée d'aveuglement! Quoi! vous en êtes encore à ne point vous apercevoir que le plus démocrate et le plus égalitaire de tous les êtres, c'est Dieu; et que le prolétaire, par conséquent, bien plus que tout autre citoyen, doit sans cesse en rappeler l'idée, l'existence, l'intervention et les terribles vengeances pour épouvanter les grands et les riches qui abusent de la fortune ou du pouvoir.

Dieu est le vengeur du petit.

Sa cause est la cause du petit.

Dieu est démocrate.

Dieu est égalitaire.

Dieu est le républicain par excellence.

Y aura-t-il des places réservées, des places de faveur devant son tribunal?

La blouse n'y vaudra-t-elle pas la pourpre elle-même?

Le casseur de pierres et Rothschild n'y seront-ils pas égaux?

Pourra-t-on acheter un jugement, une sentence, un arrêt quelconque, comme on achète ici un bulletin d'électeur ou une boule de député?

A-t-il autour de lui des agens que l'on puisse corrompre ou séduire?

La mort, sa pourvoyeuse, qui nous est connue, fait-elle des distinctions entre nous, fait-elle des passe-droits?

La politesse du plus illustre gentilhomme, les ravissantes magies du gosier de Dupré, les tentations de mes coffres pleins d'or, le terrible tranchant de la foudroyante épée de Bugeaud, pourraient-ils la toucher un moment, et faire broncher une seconde son inexorable impartialité?

Connaissez-vous, dans les âges passés, depuis

l'origine du monde, un seul citoyen qu'elle n'ait pas appelé à son heure?

L'égalité, l'égalité réelle, indomptable, désespérante pour l'orgueil de l'opulence, du talent ou de la force, voilà ce qui nous attend tous devant le tribunal de Dieu, le seul absolument et inaltérablement populaire, démocrate et niveleur.

Est-ce celui-là qu'un prolétaire devrait récuser?

Riez encore, si cela vous convient, ricanez si vous l'osez, vous n'en serez pas moins forcé de venir un jour confesser vos impostures devant ce tribunal inévitable, et sans que j'aie besoin de vous y citer par exploit d'huissier, ni de vous y accabler sous la parole d'un avocat et le poids de mes preuves.

L'affaire sera parfaitement sommaire.

Menti, puni, voilà votre lot, et le tout plus vite que je ne l'écris.

En attendant je vais vous donner quelque peu les étrivières dans ce monde-ci, par la seule vertu de la véritable histoire de notre maison, que vous avez si *écolièrement* travestie.

Ce mot *écolièrement*, n'étant pas français et n'en trouvant pas d'autres pour exprimer votre ignorance et l'attitude que vous aurez sous ma verge, permettez-moi d'avoir recours à la figure suivante, qui n'a rien de rhétorique :

Les rédacteurs du *Corsaire-Satan*, sont de mon avis. Dans le N° du 22, ils disent :

« *L'histoire de Rothschild* Ier, *est un pamphlet* » *sans goût, sans style et sans esprit.* »

Je vous laisse-là aux prises avec ce jugement et la figure aux longues oreilles qui précède, et je passe à l'histoire de ma famille et de moi.

PREMIÈRE HISTOIRE.

SECOND COUP DE BALAI.

Celui qui fait son éloge sans y être provoqué est un sot.

Celui qui ne le fait pas quand on le calomnie, est un autre sot.

Je ne veux être ni celui-ci, ni celui-là.

La position que je prends ainsi tout de suite me permet donc de tenir la promesse que j'ai faite dès la première page, « de parler de moi et des miens sans hésitation, ni détour, ni gêne, ni ménagemens d'aucune sorte. »

Accusé, j'ai le droit de dire la vérité, rien que la vérité, toute la vérité, quelque avantageuse qu'elle puisse être à Rothschild Ier, à son père, à ses frères, à toute sa famille.

Je commence par mon père, Mayer-Anselme Rothschild, le fondateur vénéré et vénérable de notre maison.

Si vous l'aviez connu, Monsieur, votre main se serait plutôt séchée que de toucher à la plume qui a écrit contre lui dix lignes irrévérentieuses, méchantes et fausses.

Il vint au monde en 1743, à Francfort-sur-le-Mein.

A onze ans, il était orphelin, sans fortune, mais protégé par les souvenirs honorables que ses proches avaient laissés, et par les heureux symptômes de son caractère et de sa précoce intelligence qui lui ouvrirent les portes du collége de Furth, en Bavière. Au sortir de ses études, qui furent solides et brillantes, on lui conseilla la carrière de l'enseignement. Il y entra en effet et s'y fit très promptement remarquer. Savant, il aimait à pénétrer dans les profondeurs de l'antiquité. Tout monument, tout débris, toute trace des œuvres des anciens peuples l'intéressait vivement. La numismatique, avec ses figures et ses caractères presque indélébiles, qui éclaircissent et précisent tant de faits historiques, l'éclaira aussi sur la science des monnaies, et lui révéla son génie pour la finance et le commerce. Dès ce moment sa destinée fut fixée : il se rendit à Hanovre, obtint un emploi dans le comptoir d'un banquier de cette ville, concourut puissamment par son mérite et son activité à la prospérité de la maison qui l'avait accueilli, réunit les économies qu'il était parvenu à faire à l'aide du temps, du travail et de l'ordre, retourna à Francfort, s'y maria, et commença quelques affaires pour son propre compte.

Sa capacité et sa loyauté étaient déjà notoires;

la confiance lui vint, s'accrut de jour en jour ; sa maison se forma, s'affermit, et grandit peu à peu sous tous les rapports.

Cette fondation n'était pas une œuvre facile. Toutes les pierres de l'édifice furent laborieusement posées une à une.

A Francfort, le mérite est admirablement apprécié ; mais on attend qu'il se soit réellement et efficacement montré.

Mayer-Anselme Rothschild fournit tous les genres de preuves qui peuvent rendre palpables :

L'habileté d'un grand financier,

La justesse de ses combinaisons,

Son invincible prudence,

Sa droiture indéviable.

C'est par là, Monsieur, que mon père s'est attaché successivement toutes les importantes maisons de Francfort.

Par là que des ordres considérables lui sont venus de tous côtés.

Par là qu'il a conquis d'abord la bienveillance, puis l'estime, puis l'amitié étroite et de cœur et la confiance sans réserve du landgrave de Hesse, qui, étant forcé de fuir l'armée française, lui abandonna toute sa fortune particulière, montant à plusieurs millions de florins, comme au seul homme qu'il eût reconnu capable de la défendre avec courage et d'en garder le dépôt avec la plus sainte fidélité.

Cette confiance, Monsieur, toutes ces confiances qui lui furent continuées sans interruption, et qu'il justifia de même jusqu'à l'heure de sa mort, élèvent, je crois, sa mémoire à une hauteur complétement inaccessible à vos attaques.

Votre main se serait séchée, ai-je dit, le fiel de votre plume se serait figé à l'instant si vous aviez connu mon père.

Une heure seulement auprès de lui, en 1813, à son chevet, le jour qu'il rendit à Dieu l'âme honnête qui avait habité son corps....., vous eussiez été édifié, pénétré jusqu'au fond de tous vos sentimens.

Il avait le calme de Socrate;

Il portait la figure d'un saint patriarche;

Il avait réuni autour de lui ses dix enfans, cinq fils et cinq filles.

Avec une inexprimable sainteté il étendit ses bras, et couvrit cette nombreuse famille de sa paternelle bénédiction.

Avec l'accent de la plus pure vertu, il nous dit :

De continuer à faire prospérer le dépôt confié à son honneur, et de le rendre avec tous ses fruits, au landgrave, dès qu'il pourrait rentrer dans ses États;

De nous aimer toujours entre nous comme nous l'avions aimé lui-même;

De rester unis tous les dix comme si nous ne formions qu'une seule et unique personne;

De pratiquer avec sincérité pour nous-mêmes, avec efficacité pour nos coreligionnaires et les autres hommes tous les principes de notre religion;

De nous faire bénir de nos semblables, par de réelles vertus, comme il nous bénissait.....

Il expira en prononçant ce dernier mot.

DEUXIÈME HISTOIRE.

TROISIÈME COUP DE BALAI.

Un mot encore sur mon père, avant de parler de ses fils.

Vous avez parlé avec mépris de son voyage à Hanovre. Vous avez fait de mon père un colporteur; vous lui avez mis le sac au dos et le bâton du pauvre à la main.

Prolétaire infirme d'intelligence que vous êtes ! C'est vous que vous foulez aux pieds en bafouant le petit qui sait devenir grand par la force de son cœur et de sa tête, seule richesse de celui qui naît indigent. C'est à vous et à vos compagnons d'infortune que vous fermez la carrière, en mésestimant celui qui part du pied de la haute échelle sociale pour gravir au sommet.

Vous protégez les priviléges de celui qui naît dans les salons d'or et de soie, et tout couvert de titres et de supériorités sur les autres hommes.

Vous êtes un aristocrate, Monsieur, et c'est moi qui suis l'ami vrai du prolétaire en glorifiant mon père d'avoir été petit et de ne s'être élevé que par sa propre valeur.

Un autre financier célèbre, et dont la mémoire nous est chère, a été honoré aussi pour avoir débuté parmi vous en simple commis de comptoir.

Une épingle, dit-on, ramassée par lui dans la cour du baron Perregaud, fit remarquer son esprit d'ordre, et lui valut cette petite place qu'on lui avait d'abord refusée, puis une place plus élevée, puis son immense fortune et les occasions favorables pour faire briller dans tout leur éclat les dons heureux dont la nature l'avait doué.

Cette pauvreté au début fut une des gloires de l'illustre Jacques Laffitte. Souffrez que je prenne aussi pour un éloge le mal que vous avez voulu dire du bâton de voyage dont vous avez orné mon père depuis Francfort jusqu'à Hanovre.

Ce bâton était aussi celui de Franklin allant de Boston à Philadelphie, et de tant d'autres grands hommes partis des derniers rangs de la société.

Dans l'état militaire, vous le savez, il est au fond d'une giberne et s'appelle *bâton de maréchal de France*. Honneur à qui sait l'en faire sortir!

Assez.

Passons aux cinq fils, qui n'auront jamais autant de mérite que le père, par cette raison, entr'autres, qu'ils pouvaient déjà voyager avec un *bâton d'or* le premier jour de leur entrée dans la carrière.

Noms, prénoms, qualités, âges, domicile et aventures des cinq fils.

Anselme Rothschild, chef de la maison de Francfort, né le 12 juin. 1773

Salomon Rothschild, chef de la maison de Vienne, né le 9 septembre. 1774

Nathan Rothschild, chef de la maison de Londres, né le 16 septembre. 1777

Charles Rothschild, chef de la maison de Naples, né le 24 avril. . , ... 1788

Moi James Rothschild *premier*, comme vous dites, *roi des Juifs*, comme vous dites encore, né le 15 mai. . . . . , . . 1792

M. de Lamennais, dans les *Paroles d'un Croyant*, s'exprime ainsi :

« Lorsqu'un arbre est seul, il est abattu des vents et dépouillé de ses feuilles ; et ses branches, au lieu de s'élever, s'abaissent comme si elles cherchaient la terre.

» Lorsqu'une plante est seule, ne trouvant point d'abri contre l'ardeur du soleil, elle languit et se dessèche, et meurt,

» Lorsque l'homme est seul, le vent de la puissance le courbe vers la terre, et l'ardeur de la convoitise des grands de ce monde absorbe la sève qui le nourrit.

» Ne soyez donc point comme la plante et comme l'arbre qui sont seuls; mais unissez-vous les uns aux autres, et appuyez-vous, et abritez-vous mutuellement.

» Tandis que vous serez désunis, et que chacun ne songera qu'à soi, vous n'avez rien à espérer, que souffrance et malheur, et oppression.

» Qu'y a-t-il de plus faible que le passereau, et de plus désarmé que l'hirondelle? Cependant, quand paraît l'oiseau de proie, les hirondelles et les passereaux parviennent à le chasser, en se rassemblant autour de lui et le poursuivant tous ensemble.

» Prenez exemple sur le passereau et l'hirondelle.

» Celui qui se sépare de ses frères, la crainte le suit quand il marche, s'assied près de lui quand il se repose, et ne le quitte pas même durant son sommeil.

» Donc, si l'on vous demande : Combien êtes-vous? Répondez : Nous sommes un; car nos frères, c'est nous, et nous, c'est nos frères.

. . . .

. . . .

. . . .

. . . .

» Un homme voyageait dans la montagne, et il arriva en un lieu où un gros rocher, ayant roulé sur le chemin, le remplissait tout entier, et hors du chemin il n'y avait point d'autre issue, ni à gauche ni à droite.

» Or, cet homme, voyant qu'il ne pouvait continuer son voyage, à cause du rocher, essaya de le mouvoir pour se faire un passage, et il se fatigua beaucoup à ce travail, et tous ses efforts furent vains.

» Ce que voyant, il s'assit plein de tristesse, et dit : Que sera-ce de moi lorsque la nuit viendra et me surprendra dans cette solitude, sans nourriture, sans abri, sans aucune défense, à l'heure où les bêtes féroces sortent pour chercher leur proie?

» Et comme il était absorbé dans cette pensée, un autre voyageur survint, et celui-ci, ayant fait ce qu'avait fait le premier, et s'étant trouvé aussi impuissant à remuer le rocher, s'assit en silence et baissa la tête.

» Et après celui-ci, il en vint plusieurs autres, et aucun ne put mouvoir le rocher, et leur crainte à tous était grande.

» Enfin l'un d'eux dit aux autres : mes frères prions.

» Et ils prièrent.

» Et quand ils eurent prié, celui qui avait dit :

prions, dit encore : Mes frères, ce qu'aucun de nous n'a pu faire seul, qui sait si nous ne le ferons pas tous ensemble ?

» Et ils se levèrent, et tous ensemble ils poussèrent le rocher, et le rocher céda, et ils poursuivirent leur route en paix. »

On a fait bien des systêmes, entassé bien des volumes pour expliquer aux hommes la conduite qu'ils doivent tenir dans la vie; qu'on les réunisse tous depuis la république de Platon jusqu'au procédé de Fourier pour changer toute l'eau de la mer en limonade, je défie qu'on trouve rien de plus parfait que ce principe constitutif de la force, de la prospérité et du bonheur si admirablement peint dans ce passage de M. de Lamennais.

Quant à nous, si nous sommes heureux et riches, c'est à cette puissance peu connue dans tous ses effets — de l'union, de l'association bien combinée, intelligente et vraie, — que nous devons en grande partie du moins notre gigantesque prospérité.

Notre père nous avait conseillé cette association; nous avons pratiqué son vœu avec émulation, activité, sincérité, justice et amour les uns envers les autres.

Cinq hommes n'en firent qu'un, cinq maisons n'en firent qu'une, cinq capitales de commerce où chacun de nous se plaça, n'en firent qu'une, ou plutôt dans chaque résidence ou l'un de nous se fixa, il eut constamment avec lui les lumières et les forces des cinq autres.

Supposons à Jacques Laffitte quatre frères égaux à lui, unis à lui et placés à Londres, à Naples, à Vienne, à Francfort.

Supposons-en de même quatre à Casimir Périer, grand financier aussi, également capables comme lui et établis comme ses associés dans les mêmes capitales.

Dites si les forces de ces deux maisons n'eussent pas été décuplées.

Qu'on ne s'étonne donc pas de nos succès, car la principale cause émane de ce merveilleux principe d'association, des positions qu'il nous permit de prendre, de la prodigieuse faculté qu'il nous donna d'être toujours présens partout et prêts à tout avec toutes les ressources utiles.

Nous adoptâmes, comme vous l'avez dit, cette devise commerciale :

CONCORDIA, INDUSTRIA, INTEGRITAS.

Vous n'en savez pas de plus belle, sans doute, et nous pouvons dire, nous, que jamais aucune n'a été plus fidélement suivie.

D'autres mots sont encore nécessaires pour bien nous peindre et nous caractériser, pour bien mettre à nu tous les ressorts, roues, rouages, compas, équerres, régulateurs, niveaux, boussoles, baromètres, thermomètres, manoscopes, microscopes, télescopes, télégraphes, câbles, cabestans, chèvres, treuils, cris, grues et autres instrumens, machines de sûreté, machines d'organisation, machines de construction, etc., etc., etc., qui ont servi à asseoir, affermir, édifier, élever notre maison.

Les mots qui disent toutes ces choses, qui en expliquent tant d'autres, et qui sont tout le secret du développement colossal de notre maison, je vais vous les énumérer, en répétant même ceux de notre devise, là où ils devront se reproduire naturellement dans ma liste.

Attention. Jamais nous n'avons fait un pas sans regarder où nous posions le pied.

Examen. Jamais un projet ne nous a été présenté sans que nous l'ayons examiné. Il y a de l'or quelquefois et même des diamans sous des enveloppes qui ne les annoncent guère.

Étude. Jamais un projet n'a été adopté par nous sans avoir été préalablement étudié; non à demi, mais entièrement, non à la superficie, mais au fond, non sous une face, mais sous toutes ses faces, non dans un de ses résultats probables, mais dans toutes ses conséquences possibles.

Exécution. Jamais un projet adopté par nous n'a été mis à exécution, sans que nous en ayons d'avance préparé et assuré tous les moyens, toutes les ressources, pour toutes ses phases, toutes les circonstances, tous les accidens, tous les cas.

Clarté. Dans une affaire quelconque, nous

avons toujours voulu que tout fût clair à nos yeux, palpable à tous nos sens.

Ordre. Méthode partout : chaque chose à son tour, à sa place, en son temps, sans chevauchement, sans enchevêtrement, sans l'ombre de la moindre confusion.

Prudence. Nous avons toujours eu horreur des affaires périlleuses. Mieux vaut gagner *peu* et *sûr* ; peu et souvent, peu et partout et sur tout.

Patience. Si des affaires commencées sous d'heureux auspices sont devenues difficiles par des circonstances impossibles à prévoir, nous avons patiemment attendu les circonstances nouvelles qui devaient les améliorer. Une de nos règles, c'est de ne jamais faire violence au temps.

Sévérité. Le sentiment en affaires est déplacé. Le droit, c'est le droit ; la règle, c'est la règle. Point de considérations en dehors de la loi commerciale fondée sur les droits : voilà le principe constamment appliqué par nous, pour nous, et contre nous-mêmes quand il devait y avoir lieu.

Probité. Nous l'avons toujours placée au-dessus de tout ; elle est le dieu commercial que nous avons toujours adoré et qui nous a toujours rendu au centuple, par la confiance qui nous est venue, tout ce que nous lui avons voué de respect et d'hommages.

Modération. Nulle maison n'est plus modérée que la nôtre pour le taux de ses rémunérations;

justes, équitables, véritablement modérés, voilà ce que nous avons été, ce que nous sommes et serons toujours en tout, pour tout, partout.

Sureté. Il est clair que l'application constante et visible des principes qui précèdent a montré qu'on avait toute sûreté avec nous, et qu'on pouvait dormir tranquille après nous avoir confié une opération quelconque. Aussi nous en est-il venu de tous côtés; grandes, moyennes et petites; des grands, des petits et des moyens; des rois, des princes et des plus modestes citoyens; des millionnaires et des rentiers infimes. Vingt convois de wagons ne transporteraient pas tous les volumes qui en contiendraient le récit.

J'ai dit qu'après la mort de mon père, chacun de nous avait pris position dans une des capitales de commerce de l'Europe, et que la maison n'en était pas moins restée *une* et unique.

Fraternité dans le sens le plus vrai, voilà ce qui a lieu entre nous. — Égalité parfaite, c'est encore une de nos pratiques. — Les bénéfices sont partagés par égales portions; et nul projet n'est exécuté sans l'examen, sans l'étude préalable et l'adhésion de tous.

C'est ainsi que nous sommes unis, que nous sommes capables par la permanente association de cinq intelligences; que nous sommes éclairés sur tout ce qui passe sous l'horizon commercial par nos cinq observatoires placés à cinq points cardinaux; que nous sommes forts parce que rien ne nous échappe et que tous les moyens, toutes les ressources, toutes les puissances des cinq maisons sont toujours prêtes pour le but commun.

Je dois dire que la mort nous a privés de l'un de nos frères, Nathan, mais il est dignement remplacé par son fils Lionel; et tous, nous n'en avons resserré nos rangs qu'avec plus d'amour et d'intimité.

Nous sommes dans l'habitude, nous autres, de nous aimer véritablement, de nous soutenir; le vœu de l'un est celui de l'autre; le vœu de mon père à sa mort pour le délaissement des biens du landgrave de Hesse a été religieusement exécuté. Lorsque ce prince put enfin rentrer dans ses États, nous n'attendîmes aucune demande de sa part. De nous mêmes, avant qu'il en eût parlé, nous lui offrîmes non seulement ce que mon père avait reçu de lui, mais encore les intérêts de toutes les sommes. Nous pouvons dire qu'il en fut vivement touché, et si mon père a eu sa confiance et son amitié, c'est aussi un de nos honneurs et de nos bonheurs d'en avoir hérité après lui.

La confiance en Jacques Laffitte, de Louis XVIII partant pour Gand, et de Napoléon pour Sainte-Hélène, furent un éclatant témoignage d'estime pour ce financier honnête et grand. Laissez-moi vous répéter que celle du Landgrave de Hesse pour mon père, dans des circonstances semblables, suffirait, au besoin, pour honorer sa mémoire.

Je dois ajouter que ce fut au péril de sa vie que mon père parvint à conserver le dépôt qui avait été livré à sa foi.

Il y a du reste toujours avantage a bien faire. Ce qu'il fit, ce que nous avons fait nous mêmes, a semé le bonheur sous nos pas.

Tous les rois et tous les princes ont voulu avoir affaire à une famille loyale, unie, expérimentée et profondément éprouvée dans la science du mouvement des capitaux et des valeurs de toutes sortes.

Il serait difficile de citer un empire, un royaume, un état qui ne nous eût chargé d'opérations importantes.

On ne s'est pas borné à la juste rémunération de nos travaux.

Tous, nous avons été anoblis.

Tous, nous avons reçu des titres et des distinctions honorifiques, témoignages au moins de l'estime que nous avons inspirée.

Tous, nous avons été nommés membres des hauts conseils de commerce de Prusse et d'Autriche.

Nathan est mort consul général d'Autriche à Londres.

Cette fonction a été depuis conférée à son fils, et c'est moi qui exerce la même fonction à Paris.

S. M. l'empereur d'Autriche a bien voulu en outre nous conférer la dignité de baron.

Croyez-vous, Monsieur, que tout cela, quand on est sorti du rang social le plus modeste, s'obtienne sans l'avoir mérité?

Si vous le croyez, je plains votre aveuglement, et je ne serai pas le seul à avoir pitié de vous.

Le rapide exposé que je viens de faire détruit ligne pour ligne, mot pour mot, tout le tissu de votre élucubration.

Il ne suffit pas de dire : un tel a péché; il faut le prouver.

Qu'est-ce qui m'empêcherait, à moi, de dire que c'est vous qui, le 8 de ce mois, en furetant auprès de mes rails, au-delà de la station d'Arras, en avez coupé un avant l'arrivée des wagons, ou déplacé une aiguille pour déterminer la catastrophe de Fampoux? Mais cette allégation, il faudrait la prouver; — de même, aucun de vos dires n'a sa preuve ni sa vraisemblance; ils sont nuls et non avenus.

Allez donc dans toutes les banques et dans toutes les bourses de l'Europe, et je vous défie d'y trouver une opération de la maison Rothschild qui ne porte pas le caractère de la droiture et de la loyauté.

S'il en était autrement, soyez bien sûr, Monsieur, que cette maison ne serait point ce qu'elle est; qu'elle n'aurait pas progressé comme elle l'a fait; qu'elle ne serait point devenue colossale, et qu'elle n'aurait pas, comme elle la possède maintenant, la confiance de l'Europe et du monde.

Quant au cruel malheur de Fampoux, il était impossible que la nature, les circonstances et les causes en fussent fidèlement déterminées dès le début.

Il a fallu quelques jours de recueillement, d'examen, de vérification exempte de toute préoccupation étrangère, pour parvenir au vrai.

Ce vrai est dans le rapport qui suit, et qui forme le quatrième et dernier coup de verge, de balai, ou plutôt de massue, que j'aie à vous administrer.

RAPPORT

SUR L'ACCIDENT ARRIVÉ SUR LE CHEMIN DE FER DU NORD, LE 8 JUILLET 1846.

M. Frissard, membre du conseil général des ponts et chaussées, inspecteur de la division des chemins de fer du Nord, vient d'adresser à M. le ministre des travaux publics le rapport suivant:

Aussitôt que M. le ministre des travaux publics fut informé du grave accident arrivé sur le chemin de fer du Nord, il donna l'ordre à l'inspecteur soussigné, chargé de la première division des chemins de fer, de se rendre immédiatement sur les lieux pour reconnaître les causes de cet accident, et de dresser dans un bref délai, un rapport détaillé, contenant le résultat de ses observations.

EXPOSÉ :

Le 8 juillet 1846, à sept heures du matin, partait de Paris un convoi composé de 28 voitures portant 220 voyageurs; il était remorqué par deux locomotives, et se composait de la manière suivante:

1° Deux locomotives nos 44 et 48, avec leurs tenders; un wagon de bagages n° 1002;

2° Un wagon de bagages, 1023. — Diligence du sieur Guérin, sur un truck, 1178. — Voiture de 3e classe, 671. — Id. de 2e classe, 310.

3° Voiture de 1re classe, 170. — Id., id., 173. — Id. de 2e classe, 376. — Id. de 3e classe, 802. — Diligence de Lille sur un truck, 1174.

4° Chaise de poste du général Oudinot sur un truck sans numéro. — Fourgon Laffitte et Caillard sur un truck, n° 1177. — Messageries royales de Valenciennes sur un truck, 1175. — Voitures de 3e classe, 670. — Id. de 3e classe, 667. — Wagon de bagages, 1005. — Voiture de 2e classe, 426. — Id., de 1re classe, 171.

5° Voiture de 1re classe, 169; — idem. de 2e classe 425; — 6 chaises de postes sur des trucks ; — 1 fourgon de bagages, 1010; 1 fourgon de bagages 1013.

Ce convoi venait de franchir le viaduc construit sur la Scarpe, près du village de Fampoux (1); il quittait une pente de 0,004, et commençait à franchir une rampe de 0,054, précédé d'un palier de 27 mètres de longueur, lorsqu'un déraillement eut lieu, et tout le convoi se divisa en cinq groupes, ainsi que nous l'avons indiqué plus haut.

Il paraît que la première rupture du convoi eut lieu entre les deux wagons de bagages de la tête; la première locomotive resta sur les rails, et s'arrêta à 224 mètres du point où le déraillement a commencé. La seconde locomotive a déraillé ainsi que son tender, mais très faiblement, car les boudins des roues touchaient encore la voie; le premier wagon à bagages a également déraillé, mais sans se séparer de la deuxième locomotive.

Le second wagon de bagages, en quittant la voie, alla se précipiter dans une ancienne tourbière, remplie d'eau sur 3 à 4 mètres de hauteur, et située au pied du talus du remblai, qui, dans cet endroit, a 7 mètres de hauteur. Lorsque ce wagon fut arrêté, la diligence Guérin, qui le suivait, le dépassa, en vertu de sa vitesse acquise et vint se placer devant lui, dans une position inverse de celle qu'elle occupait sur la voie. Un wagon de troisième classe et un autre de deuxième classe, firent successivement des mouvemens analogues,

(1) Ce viaduc est composé de 3 arches de 5 m. 20 d'ouverture et de 7 m. de hauteur.

en sorte que ces quatre voitures, qui forment le deuxième groupe du convoi, étaient retournées de l'arrière à l'avant, ce qui embarrassa d'abord beaucoup pour les reconnaître.

On comprend que c'est dans ce groupe que les victimes furent en plus grand nombre; deux gardes qui étaient dans le wagon de bagages et neuf personnes placées dans les voitures de 3e et de 2e classe périrent; trois personnes qui occupaient la diligence Guérin ont aussi succombé : ce sont les dernières qui ont pu être retirées, parce que cette diligence était très engagée sous les autres voitures.

Une seconde rupture eut lieu entre la voiture de 2e classe 310 et la voiture de 1re classe 170. Celle-ci devint la tête d'un troisième groupe qui se dirigea vers l'étang en laissant à gauche le deuxième groupe; ce troisième groupe se compose de cinq voitures, dont la dernière était la diligence de Lille, qui s'était séparée de la chaise de poste du général Oudinot qui la suivait. Les voyageurs de ce groupe furent tous sauvés, il n'y eut que des blessés.

La chaise de poste forma la tête du quatrième groupe; mais, moins heureux que le troisième, il vint heurter contre le second. Les trois premières voitures se brisèrent contre une masse de débris; mais, par un hasard providentiel, la chaise de poste renversée sur son truck ne fut pas écrasée, parce que le truck était tenu en bascule par la diligence Laffite, qui portait sur l'extrémité opposée. Cette circonstance sauva la vie au général; mais son aide-de-camp fut grièvement blessé. Les voitures suivantes, jusqu'au n° 171 inclus, étaient hors la voie sur le talus. Si l'on n'a pas à déplorer de plus graves accidens dans ce groupe, c'est qu'après la chaise de poste venaient un fourgon de bagages et une diligence vide.

A partir du n° 169, toutes les voitures formant le cinquième groupe restèrent sur la voie, et les voyageurs n'éprouvèrent que des chocs peu dangereux.

En résumé, 13 voitures, wagons ou diligences, ont été précipitées hors la voie, sur un talus ou dans l'étang. Le nombre des victimes pouvait être encore plus considérable, s'il n'y avait pas eu parmi ces voitures deux wagons de bagages et une diligence vide, celle de Valenciennes, et si les cinq voitures n°s 170, 103, 376, 802 et 1175 n'avaient pas suivi une direction moins dangereuse.

L'origine du déraillement est indiquée par un rail brisé, à la suite duquel les coins qui retiennent les rails dans les coussinets sont sillonnés par le boudin d'une roue déraillée sur une longueur de 108 mètres. A la suite de cette distance, les rails de gauche sont entièrement sortis de leur position : c'est là que le convoi s'est précipité sur le talus.

Jusqu'à 76 mètres en arrière du point de déraillraillement, la voie présente des ondulations dans le sens horizontal. Ces ondulations se prononcent davantage à mesure que l'on avance vers le point où le déraillement a commencé.

OBSERVATIONS.

Quelles pouvaient être les causes de ces effets si désastreux? C'est ce que nous allons examiner; mais malheureusement nous ne pouvons encore faire que des conjectures.

On peut rechercher les causes de l'accident dans l'état du chemin, la traction, le matériel.

État du chemin. — La catastrophe a eu lieu sur une partie du chemin en ligne droite, sur un remblai de 7 mètres de hauteur. Si l'on examine la forme du chemin en long et en travers, on ne voit aucune altération dans ses profils. L'inflexion que l'on remarque entre la pente de 0,004 et la rampe de 0,054 est le résultat de l'interposition du palier qui sépare et raccorde ces deux inclinaisons différentes.

Lorsqu'il s'agit d'une affaire aussi grave, il ne suffit pas d'une reconnaissance à la vue seule, il faut des vérifications exactes; nous avons donc fait faire, avec un grand soin, le nivellement en long et en travers du chemin. Ce nivellement a confirmé notre premier aperçu : il en résulte que les rails n'ont subi aucune altération dans leur profil longitudinal, sauf une légère dépression dont nous parlerons bientôt, et qui a été produite par le déraillement.

Il ne pouvait en être autrement, car ce remblai a été achevé avant l'hiver de 1844; il a été fait avec de la terre franche et de la craie, provenant d'une tranchée et avec un emprunt peu considérable fait dans un terrain voisin, mais au dessus de la tourbe.

Ce remblai, établi sur un terrain tourbeux, a éprouvé des tassemens successifs qui ont été comblés; l'entretien simple suffit pour maintenir aujourd'hui le profil en long dans son niveau primitif.

Il demeure donc bien démontré pour nous que l'exécution du chemin est complétement étrangère à la catastrophe du 8 juillet.

On ne peut pas davantage accuser l'entretien. Cette portion du chemin ayant été livrée à la compagnie à partir du 1er avril, c'est depuis cette époque qu'elle est chargée de l'entretien; il se fait sur cette partie avec beaucoup de soin.

Il reste précisément sur la portion du chemin endommagée par le déraillement une trace de cet entretien; quelques traverses récemment relevées ne sont pas encore recouvertes de sable. En cet endroit, les rails se sont dérangés, les coussinets sont brisés, des secousses violentes ont enfoncé les traverses posées sur un nouveau remblai et ont formé cette dépression dont nous avons parlé et qui a 0 m. 027 de profondeur sur 13 m. 50 de longueur.

Nous n'avons indiqué cette légère dépression que parce qu'on a dit sans réflexion et sans examen que l'accident avait eu pour cause la déformation du remblai établi sur un terrain tourbeux, et que plus tard on a parlé de dépression, même d'affaissement. Mais quand bien même cette légère dépression eût existé avant l'événement, ce qui n'est pas, elle n'aurait pu occasionner aucun accident fâcheux ; car on trouve souvent des dépressions sensibles à la jonction des remblais avec des ouvrages d'art, et quelquefois le chasse-pierre d'une locomotive s'est faussé en franchissant ces dépressions sans qu'il en résultât aucun inconvénient pour le convoi.

Ainsi, l'entretien est désintéressé comme l'exécution. Il faut donc chercher ailleurs une cause du sinistre.

Traction. — Est-ce une trop grande vitesse qui a donné lieu au désordre ? est-ce au contraire un ralentissement trop brusque qui a fait rompre le convoi ?

Les heures du passage du convoi aux diverses stations prouvent que les vitesses moyennes étaient plutôt faibles que fortes. La dernière distance, d'Arras à Fampoux, qui est de 8 kilomètres, a été parcourue en vingt-deux minutes ; ce qui ne fait que 22 kilomètres à l'heure ; mais les vitesses moyennes ne prouvent pas que la pente de $0^m,004$ n'a pas été descendue avec une grande vitesse. Ce qui pourrait le faire présumer, c'est la disposition du premier groupe. Elle indique, en effet, que chacun de ses élémens a dû être animé d'une grande vitesse pour dépasser l'élément qui le précédait, et aller se placer en avant, au lieu de rester en arrière. La vitesse des autres groupes a été amortie en labourant transversalement une plus grande longueur du talus.

On peut aussi penser que si, à la suite d'une pente où la vitesse est ordinairement plus forte, on gravit une rampe d'une forte inclinaison, il y aura ralentissement à la tête du convoi, tandis que la queue continuera à se mouvoir avec sa vitesse primitive; le milieu du convoi se trouverait alors comprimé et poussé en dehors de la voie. Cette hypothèse, qui pourrait expliquer les points de rupture du convoi, et le déplacement du rail gauche poussé vers le vide, ne s'accorderait pas avec les mouvemens des divers groupes que nous avons décrits. Cependant, si les machinistes, s'apercevant d'un désordre dans le convoi, ont voulu arrêter les machines, l'effet de la compression a pu venir s'ajouter à une autre cause de délraîllement.

Matériel.—Un déraillement peut être occasionné par la rupture d'une ou de plusieurs parties du matériel; mais comment discerner, au milieu de ces débris, les effets d'avec les causes? On a examiné avec beaucoup de soin le matériel: les roues et les essieux sont en très bon état, aucun essieu n'est rompu, ni même faussé; quelques roues présentent de légères entailles provenant de leur choc contre les rails, surtout celles du wagon à bagages qui a été précipité le premier. Il n'y a de rompu que plusieurs barres d'attelage et chaînes de retenue, les ressorts de suspension du wagon dont on vient de parler, et quelques tiges de tampons. Il est impossible de savoir quelle est la pièce qui a rompu la première, et cependant c'est peut-être là qu'est la cause de l'accident, car la rupture d'une barre d'attache produit des chocs obliques et peut occasionner un déraillement.

Tout le monde a rivalisé de zèle pour adoucir, autant que possible, les résultats de ce déplorable événement; les secours ont été prompts, ils ont été nombreux. L'autorité n'a cessé de veiller et de coopérer au sauvetage; des recherches minutieuses ont été faites en sa présence pour découvrir promptement toutes les victimes, et les derniers devoirs leur ont été rendus avec toutes les convenances désirables.

RÉSUMÉ.

La catastrophe de Fampoux ne peut être attribuée ni à l'exécution ni à l'entretien du chemin. Il faut donc en chercher la cause partout ailleurs; mais comment découvrir la vérité en interrogeant des témoins prévenus, troublés, fortement impressionnés, ou des débris multipliés, au milieu desquels les effets se confondent avec les causes? Si, malgré toutes nos recherches, il ne nous a pas été possible d'arriver à une conclusion positive, nous avons pu du moins rectifier bien des faits dénaturés, exagérés par des rapports inexacts.

La cour royale de Douai ayant évoqué l'affaire, une instruction, faite par des magistrats éclairés et habitués à rechercher la vérité, mettra au jour beaucoup de faits, de circonstances qui nous sont restés inconnus. La justice viendra en aide à la science en lui fournissant de nouvelles données pour résoudre une question dont la solution intéresse si vivement la sécurité publique.

Paris, 13 juillet 1846. FRISSARD.

N. B. Le nombre exact des morts est de 14.

www.ingramcontent.com/pod-product-compliance
Ingram Content Group UK Ltd.
Pitfield, Milton Keynes, MK11 3LW, UK
UKHW020950220726
13924UKWH00002B/599

9 782019 292829